Debaixo do grande céu

ESCRITO E ILUSTRADO POR
TREVOR ROMAIN

TRADUÇÃO
MONICA STAHEL

Martins Fontes
São Paulo 2002

Esta obra foi publicada originalmente em inglês com o título
UNDER THE BIG SKY por Bright Books em 1993 e por Harper Collins em 2001.
Copyright © 1993, Trevor Romain, para o texto.
Copyright © 2001, Trevor Romain, para as ilustrações.
Copyright © 2002, Livraria Martins Fontes Editora Ltda.,
São Paulo, para a presente edição.

1ª edição
julho de 2002

Tradução
MONICA STAHEL

Produção gráfica
Geraldo Alves

Dados Internacionais de Catalogação na Publicação (CIP)
(Câmara Brasileira do Livro, SP, Brasil)

Romain, Trevor
 Debaixo do grande céu / escrito e ilustrado por Trevor Romain ; tradução Monica Stahel. – São Paulo : Martins Fontes, 2002.

 Título original: Under the big sky
 ISBN 85-336-1590-6

 1. Literatura infanto-juvenil I. Romain, Trevor. II. Título.

02-3225   CDD-028.5

Índices para catálogo sistemático:
1. Literatura infantil   028.5
2. Literatura infanto-juvenil   028.5

Todos os direitos desta edição para o Brasil reservados à
Livraria Martins Fontes Editora Ltda.
Rua Conselheiro Ramalho, 330/340 01325-000 São Paulo SP Brasil
Tel. (11) 3241.3677 Fax (11) 3105.6867
e-mail: info@martinsfontes.com.br   http://www.martinsfontes.com.br

Para meu pai, que me deu
tudo debaixo do grande céu.
—T.R.

Uma tarde, um velho homem disse a seu neto:
— Estou ficando velho e logo vou morrer. Quero que você fique com todos os meus bens depois que eu tiver partido. Só que, antes de obtê-los, terá que encontrar o segredo da vida e trazê-lo para mim.

— Mas, vovô, onde vou encontrar
o segredo da vida? — perguntou o menino.

— Debaixo do grande céu — disse o avô. — Você vai encontrá-lo debaixo do grande céu.

Assim, com a cabeça cheia de sonhos com futuras riquezas, o menino saiu à procura do segredo da vida. Logo ele se viu diante de um carro.

— Desculpe — ele disse ao carro —, por acaso você passou pelo segredo da vida no caminho para cá?

— Não — disse o carro. — Nunca cruzei com o segredo da vida, mas vou lhe dizer uma coisa: por mais longa que seja a sua viagem, nunca se esqueça do lugar de onde você saiu.

O menino agradeceu e continuou caminhando,
até chegar a uma árvore.

Ele perguntou à copa da árvore: — Está avistando o segredo da vida aí de cima?

— Só estou vendo as copas de outras árvores — ela disse. — Mas tenho um conselho para lhe dar.

— Diga, por favor — pediu o menino. — Estou precisando de bons conselhos.

A árvore disse: — Tenha sempre a certeza de que suas raízes estejam firmemente plantadas no solo, porque as turbulências tentarão derrubá-lo.

O menino ouviu o conselho e se foi.

Procurou no alto...

Procurou embaixo...

Procurou até na biblioteca. Mas não encontrou o segredo da vida.

O menino continuou sua caminhada e
encontrou um lavrador no campo.

— Você parece meio perdido — disse o lavrador.

— Estou procurando o segredo da vida — disse o menino, olhando à sua volta.

— Não vai achá-lo aqui — disse o lavrador.

— Tem alguma idéia de onde eu possa encontrá-lo? — perguntou o menino.

— Não tenho muita certeza — disse o lavrador, coçando o queixo. — Mas, se você tem alguma idéia, qualquer idéia, imagine que ela seja uma semente. Plante a semente e cultive-a. Logo ela irá brotar e você poderá colher o que plantou.

Meio confuso, o menino se afastou do lavrador.

Ao chegar à cidade, parou para ver uma orquestra que tocava na praça. Depois da apresentação, ele foi falar com um dos violoncelos.

— Você já ouviu alguém cantar sobre o segredo da vida? — ele perguntou.

— Não — disse o violoncelo. — Mas em algum lugar deve haver um segredo. Senão, como é que um velho pedaço de madeira, como eu, com apenas quatro cordas, poderia produzir uma música tão bonita?

O menino concordou com o violoncelo e continuou sua busca. Encontrou uma escada.

— Por acaso você viu o segredo da vida? — ele perguntou.

— Já subi e já desci — disse a escada —, mas nunca vi o segredo da vida. Sei que, quanto mais se sobe, mais alto se chega; e, quanto mais alto se chega, maior é a queda. Por isso, quando você estiver subindo, firme bem o pé em cada degrau.

O menino estava se sentindo frustrado e um pouco triste. Então ele foi até a praia, sentou-se na areia e ficou olhando para a água.

— Não se preocupe — disse o mar. — Faça de conta que você é um oceano e que as coisas frustrantes que acontecem são ondas. Elas vão passar.

O menino continuou a procurar.
Então encontrou uma tartaruga.

— Estou procurando o segredo
da vida — ele disse.

— Não... se... apresse

— disse a tartaruga.

— Você vai...

... encontrá-lo.

O menino foi para casa e trocou de roupa. Deitou na cama e ficou olhando para o teto.

— Foi um dia ruim? — perguntou a cama.

— Foi — disse o menino.

— Pare um pouco — disse a cama. — Um pequeno descanso não faz mal a ninguém.

Então o menino tirou uma soneca.
Ao acordar, lavou o rosto e saiu para continuar sua busca.

Ele andou... andou... até chegar a uma cerca.

— Preciso encontrar o segredo da vida — disse o menino, apoiando-se na cerca.

— O segredo da vida não é uma coisa só — disse a cerca. — Olhe para mim, por exemplo. Cada tábua não significa nada, até se juntar a outras para formar uma longa cerca; uma cerca que dá a volta em todo um terreno, mas permanece sempre unida.

O menino estava tão decidido a encontrar o segredo da vida e herdar os bens do avô que deixou a cidadezinha em que morava e foi procurar a resposta mundo afora.

Passou anos procurando...

procurando.

Tornou-se um rapaz...

e continuou procurando.

Onze anos, doze dias, vinte e dois minutos e trinta e seis segundos depois de ter começado sua busca, o rapaz voltou para casa.

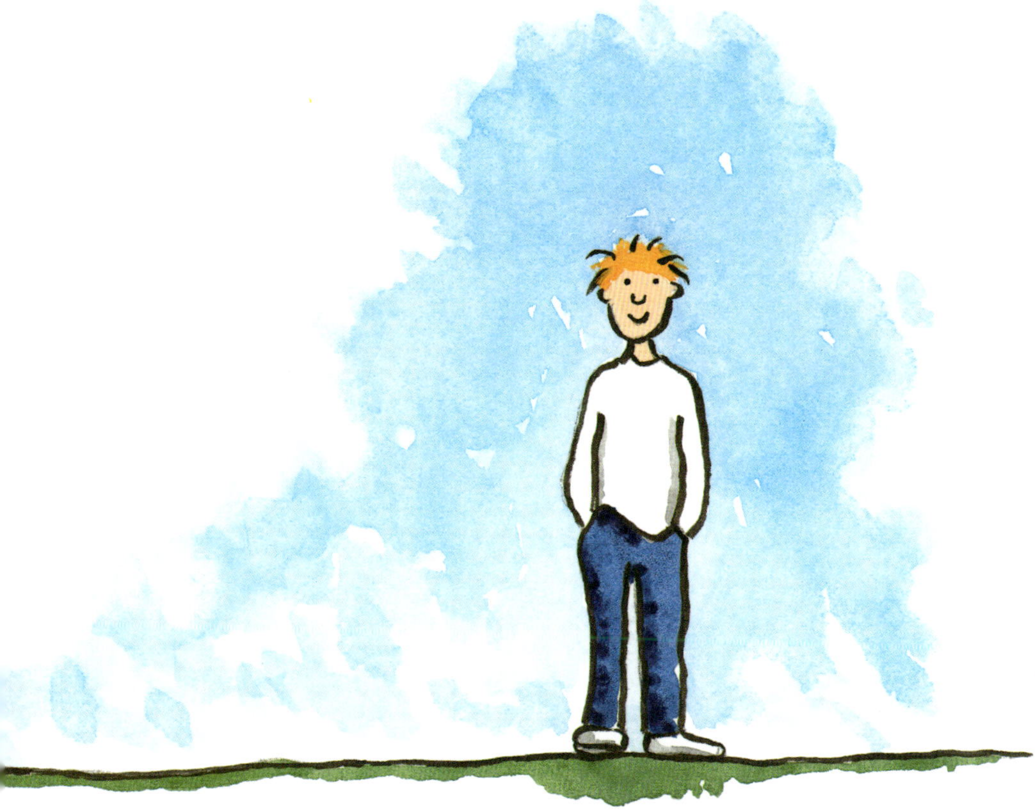

— Vovô — ele disse —, procurei pelo mundo todo. Percorri a Europa e a Ásia, a África e as Américas.

Cursei a universidade e me formei. Encontrei muita gente e aprendi muito, mas simplesmente não consegui encontrar o segredo da vida.

— Mas você o encontrou — disse o avô.
— Seu percurso é que **foi** o segredo da vida. No caminho, você aprendeu tudo de que vai precisar para desfrutar de uma vida plena e rica.

O rapaz sorriu.

— Agora todos os meus bens são seus bens — disse o velho, abraçando o neto.

— Onde vou encontrar seus bens? — disse o rapaz, não querendo parecer muito ansioso.

— Debaixo do grande céu — disse o avô, apontando para o horizonte.
— Debaixo do grande céu.